DISCVER

COCHES

xist Publishing

Spanish Edition

Ambulancia

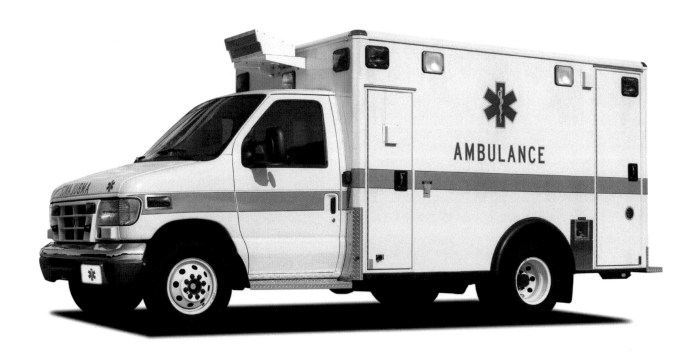

Camión Bomba Antigua

Camión de Bomberos Clásico

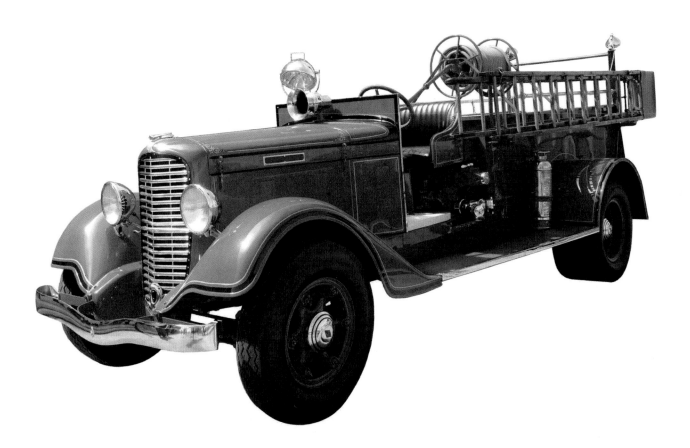

Sedán Clásico

Clásico Vagón

Clásico Coche de Turismo

Convertible

Híbrido SUV

Coche Europeo Este

Carro de Bomberos

Coche con Puerto Trasera

Jeep

Limosina

Taxi de Londres

Camioneta de Pasajeros

Coche de Policía

Sedán

Taxi Sudamericano

Vehículo Utilitario Deportivo

Coche Deportivo

Limosina SUV

Autobús Turístico

Autobús Turístico

Camioneta de Transporte

Camión

Published in the United States by Xist Publishing

www.xistpublishing.com

PO Box 61593 Irvine, CA 92602

© 2017 Spanish Edition by Xist Publishing

This has been translated by Victor Santana.

All images licensed from Fotolia

© 2012 by Xist Publishing First Edition

ISBN-13: 9781532403873 • eISBN: 9781532403880

xist Publishing

Made in the USA
Middletown, DE
20 June 2019